KB209487

자딤 시집

앞으로
다가올
시간은

앞으로
다가올
시간은

자딤 시집

도서출판
곰단지

따뜻한 마음으로

이 시집에는 가짜 시가 없습니다. 조금 서툴게 느껴지는 시는 있을지라도, 말재주만 잔뜩 늘어놓은 시가 없다는 말입니다. 겉으로 근사하고 화려해 보이는 머리로 쓴 시가 아니라, 가슴으로 때론 온몸으로 쓴 '살아 있는 시'가 가득 들어 있습니다. 그래서 이 시집을 읽다 보면 감동이 저절로 일어날 것이라 생각합니다.

시를 1도 모르는 내가 / 시를 배운다고 / 일 마치고 / 힘든 몸뚱이를 끌고 / 여길 찾아온다 // 얼마나 공부해야 / 내 마음에 있는 / 감정 하나하나를 / 표현할 수 있을까? // 잘할 수는 없겠지만 / 최대한 노력해서 / 졸지 말고 / 작품 하나 내 보자

– 오민연, 〈시 공부 첫날〉

자활 왔더니 / 시를 써 보란다 / 글이라곤 유튜브 자막이 다인데 // 빌어먹을 / 결석할 핑계를 찾아 딩굴거리다 / 종종거리는 팀장 얼굴이 떠올라 버렸다 // 아, 젠장! / 몸이 당겨지고 시간은 빨라진다 / 이럼 곤란한데…… // 시를 만나는데 / 오십 년이 걸렸다 / 남은 시간 잘 지내 보자 친구야!

– 이주환, 〈시를 처음 만난 날〉

시를 써 본 것이 / 언제였지? // 초등학교 5학년 때 쓴 시가 /
마지막이었지 // 예순이 가까워진 이제야 / '시'를 다시 생각해
보다니 // 인생! / 살고 볼 일이다

- 김선자, 〈시〉

갈수록 야박해져가는 세상에서 이렇게 시를 쓸 수 있는 따뜻
한 마음이 남아 있다니! 이 얼마나 아름답고 놀라운 일인지요.

이 시집에 실려 있는 시는 진주지역자활센터에서 문을 연 〈나
를 깨우는 인문학〉 '삶을 가꾸는 글쓰기' 시간에 쓴 것들입니다.
바쁘고 고달픈 몸을 이끌고 와서 또박또박 눌러쓴 시입니다. 그
래서 한 편 한 편 모두 읽는 사람들의 마음을 흔들어놓을 것이
라 생각합니다. 그리고 이런 생각도 찾아올지 모릅니다. '아아,
이런 시가 진짜 시였구나! 나도 시를 써봐야겠다.' 그랬으면 좋
겠습니다. 정말 그랬으면 좋겠습니다.

이 시집을 한 장 한 장 넘기면서 마음이 따뜻해지고, 그 따뜻
한 마음으로 서로 나누고 섬기는 세상을 만들어 가면 더 좋겠습
니다. 이 시집이 널리 널리 알려져 사람으로 태어났다는 것만으
로도, 사람이 사람답게 살아갈 수 있는 세상이 하루빨리 다가오
기를 간절히 바랍니다.

산골 농부
서정홍 시인

갇힌 나를 찾고 닫힌 우리를 찾아서

아주 긴 기다림이 있었습니다. 아주 긴 이야기가 있었습니다. 긴 기다림과 이야기는 결국 마음을 움직였습니다.

그렇게 시작한 '나를 깨우는 인문학' 시간은 어느덧 6년째 이어지고 있습니다.

인문학이라는 이름으로, 갇힌 나를 찾고 닫힌 우리를 찾고 그래서 다시 꿈을 꿀 수 있는 마음의 근육을 키우고자 했습니다. 때로는 이 모든 활동이 눈에 보이지 않아 '계속해야 하나?' 라는 질문도 있었지만 믿어 보고 싶었습니다. 눈에 보이지는 않으나 반드시 변화는 시작되리라 믿어 보고 싶었습니다. 그리고 이제는 우리 활동과 삶을 시로 표현하고 나누면서 더 큰 변화의 시작점이 되고자 합니다.

우리는 '내'가 누구인지조차 생각할 틈도 없이 살아왔습니다. 바쁘고 고달픈 시간에 떠밀려 살아낸 시간들, 세상 속에 살면서 타자로 살아온 시간들, 같은 시간과 같은 공간에서 숨 쉬지만 다른 삶을 살고 있는 시간들……. 하지만 그 무수한 시간들도 우리의 삶이었습니다.

그 작고 보잘것없는 삶을 사랑했고, 그 삶이 이제는 살아갈 힘이 되고 있습니다. 고통이 아닌 치유의 삶, 나와 너와 우리가 함께 사는 삶, 그 삶이 우리 사회를 건강하고 정의롭게 만드는 길로 이끌어 가리라 생각합니다.

우리들의 삶을 노래한 시집을 발간하게 되어 더없이 감사하고 기쁩니다. 우리는 함께 이 땅의 모든 삶을 응원합니다. 그리고 자기 삶의 참된 성공을 이룰 수 있기를 소망합니다.

진주지역자활센터장
김소형

차례

1부

어머니,
당신의 시를
씁니다

친정어머니

강순영

오 년 전, 어느 날 밤에
친정어머니가 하늘나라로 가셨다

갑자기 쓰러져 식물인간으로 되어 가족도 못 알아보고
8년 동안 누워만 계시다 가셨다

그래서 지금도
목이 메고 몹시 안타깝다

친정어머니를 다시 뵐 수 있다면
정말 사랑했다고
정말 사랑했다고 말하고 싶은데

때는 나를 기다려 주지 않고
지나갔다

흰머리

이정훈

흰머리 다 뽑으면
울 엄마 예쁘고 젊어질까 봐
뽑고 뽑았는데
이젠 온통 하얗다

언젠가
내 머리 하얗게 되더라도
울 엄마는
내 곁에 있으면 좋겠네

청국장

저녁 시간이면
어머니 목소리가 들려온다

"야야, 밥은 묵었나?
청국장 만들어 놓았다.
가지러 온나."

청국장 생각나면
어머니가 보고 싶다

엄마의 김치찌개

박수정

엄마는
요리를 잘 하신다

그 가운데 김치찌개는
별거 없어 보이는데도 맛이 좋다

손맛이다

내가 어른이 된 지금도
문득문득 떠오른다

엄마가 끓여 주던
김치찌개

엄마

윤예린

항상 나 잘되라고
잔소리해 주는 사람

항상 옆에 있어 주고
힘이 되어 준 사람

나에게
친구같이 다가오는 사람

어른 같으면서도
어린아이 같은 사람

울 엄니

이정훈

동생 업고
내 손 잡고
외갓집 쌀 얻으러 가던 울 엄니

동생은 큰 외갓집에
나는 작은 외갓집에 맡겨 두고
친척 집 식모살이 가던 울 엄니

명절 날 잠깐 보고
구불구불 시골길
버스 타러 내려가던 울 엄니

군 입대 날
길 언덕 안 보일 때까지
서 계시던 울 엄니

돈 많이 벌어
출세한 내 모습
보여주고 싶은데……

전화를 걸어
"엄니, 잘 계시지요?"
그 말밖에 못한다

엄마

유경자

엄마!

어찌하여 엄마라는 말 한마디에
내 마음이 이리도 흔들릴까

엄마!

이렇게 소중한 말 한마디를
왜 자주 불러 보지 못했을까

엄마!

이제라도 마음껏 불러 보자
듣고 대답할 수 있을 때

'엄마'라는 이름으로

강예진

살아 있는 이유를 찾지 못할 때
나는 엄마 얼굴을 떠올린다
생각만 해도 먹먹해지는 그 얼굴을

불행도 행복도
오직 나만을 위해 살아오셨다던
엄마 말을 떠올리면 가슴이 설렌다

하늘도 갈라놓을 수 없는
부모 자식 사이에서나
가능한 일이 아닐까?

엄마는 나를 소중한 '보물'이라 한다
결코 가볍게
말하는 것이 아닐 것이다

엄마라는 이름으로
부지런히 걸어온 삶을 들으면
가슴이 짠하다

같은 길을 걸었다고 해서

같은 감정을 느꼈다고 해서

그 누구도 엄마의 인생을 대신할 수 없으니

엄마와 지낸 여섯 달

사와노준코

둘째를 낳기 위해 일본에 갔다
엄마는 걱정하면서도 기뻐해 주셨다

애기 낳기 전에 석 달
낳고 나서 석 달
엄마 집에서 여섯 달 동안 지냈다

그동안 못다 한 이야기를 나누면서
오순도순 잘 지냈다

엄마는 웃으면서 손녀를 안아 주셨다
엄마 웃는 얼굴을 오랜만에 본다
오빠와 언니들도 찾아와 축하해 주었다

내가 한국으로 시집가서
처음으로 엄마를 기쁘게 해 드렸다
마음이 뿌듯했다

미안해요, 엄마

시와노준코

엄마가 많이 아파서
"언제 올 거야?"
전화가 걸려올 때마다
나는 며칠 뒤에 가겠다고 했다

그런데
남편도 많이 아파 입원해서
못 가게 되었다

가지는 못해도
자주 전화를 걸었다
"엄마 좀 있다가 꼭 갈게."

엄마 얼굴 보러 가야 하는데
남편이 계속 아프다

일본에서 연락이 왔다
엄마가 돌아가셨다고
장례식에 올 수 있느냐고

남편이 많이 아파 갈 수가 없어
나는 혼자 울었다

엄마는 마지막까지
못난 딸을 보고 싶다 하셨다는데
미안해요, 엄마

엄마 전화기

김언숙

신문물에 밀려
뒷방 늙은이 신세인
집 전화

하지만 내겐 소중한
집 전화
오늘도 따르릉 따르릉

"야야, 오늘도 갔다 왔나?
너무 힘든 일은 하지 마래이."

엄마 목소리다

우리 집 전화는
엄마, 한 사람을 위한 것이다
오늘도 따르릉 내일도 따르릉

시간이 흘러
언젠가는 혼자 남을 전화기

따르릉 따르릉 울리지 않아도

내 손으로 치울 수 없을 것이다

내가 부르는 노래

김언숙

지난 시간 동안
이름이 아닌 '엄마'로 불려 온 언숙아
앞만 보고 달리며 힘들었을 언숙아
이제는 앞만이 아니라 옆도 보고
이제는 달리는 게 아니라 걸어도 보고
이제는 천천히 뒤도 돌아보고

이제는 엄마가 아닌
'언숙' 그 이름으로
자신의 삶과 노래를 부르며
곱게 살아가기를

자식은 내리사랑

손명옥

내 나이 스물한 살에
혼전 임신을 하여 딸내미를 낳았는데

그 딸내미가
딸 쌍둥이를 낳았다

하나도 키우기 힘든 세상에
둘이나 낳았다

그래도 사위는 좋아서 둥실둥실
날마다 휴대폰으로 사진을 찍어 보낸다

사진을 보고 있으면
걱정거리는 온데간데없다

요번 토요일에도 만사 제쳐놓고
우리 예쁜 손녀딸 보러 가야겠다

나이가 든다는 것은

김선자

작은 몸이 서서히 무너지는 것인가?
해가 바뀔수록 약 종류가 늘어난다

이번 주는 정형외과에서
세 번이나 야간 진료를 해야 한다
주사를 맞고 전기치료를 하며
도수치료를 받아야 한다

주사는 돌아가면서 맞는다
하루는 허리와 꼬리뼈 주사
하루는 목 주사
하루는 오십견 주사

주말에는
내과, 치과, 한의원, 산부인과를
돌아가면서 가야 한다

정형외과 전문의에게 말했다
"선생님, 제가 요즘
병원 돌다보니 사는 재미가 없습니다."

전문의는 나를 물끄러미 보더니
"낫게 해드릴게요" 라고 처음으로 말했다
그날이 2021년 11월 3일이다

나이가 든다는 것은
약과 주사와 친해지는 것이다
계속 친해 보자
지겹지만 어찌할 수가 없다

딸에게 미안하다

아유미

"엄마, 내가 잘못했어."

그 말을 나오게
얘기해 놓고

그 말을 들으니
마음이 아프다

부치지 못한 편지

이덕기

우리 어머니
고생만 하시다 돌아가셨어요

지금 생각하면
저절로 눈물이 나요

어머니 마음
몰라 준 거 같아서

미안해요
정말 미안해요

엄만 알고 있었을까

박은순

2016년 4월, 어느 날
엄마는 우리 곁을 영원히 떠났다

그해에
엄만 이런 말을 자주 했다

—나도 올해 여든여섯이야
먼저 가신 네 할머니와 아버지 따라
나도 곧 뒤따라갈 거야

엄만 알고 있었을까?
우연일까?

엄마는 정말 그렇게
할머니와 아버지 따라
하늘나라로 가셨다

지나고 나니
못 해 드린 것만
자꾸 생각난다

우리 어무이

양순호

우리 어무이는
꽃다운 열여섯에
시집을 오셨다

자식 열둘을 낳으시고
자식들 걱정에
평생을 애태우고

가난한 집안 살림에
허리 펼 날 없이
고생만 하시다

어느 볕 좋은
가을날
하늘의 별이 되었다

가을이 오면
어무이가 우리 어무이가
사무치도록 그립다

그 말씀 한마디에

오순복

이른 봄날부터
여태까지

땀 흘리며 지은
농작물이 엉망인데

—야야아, 괜찮다 괜찮아
내년이 있는데 무슨 걱정이고

시어머님이 하신
그 말씀 한마디에

마음은 벌써
내년으로 달려간다

방귀소리

이정훈

뽕 뽀로로 뽕뽕
부룩부룩
빠라락 빡빡
이게 무슨 소리지?

어머니는 주무시면서
방귀를 뀌나 보다
어머니는 주무시면서도
나를 웃음 짓게 한다

애물단지

강영숙

나는 우리 엄마의 애물단지
때로는 속상해서
때로는 힘겨워 원망스러워서
세상을 빙빙 돌고 돌아
엄마 둥지에 자리잡은 애물단지
나는 우리 엄마의 애물단지

그날

강월선

폭풍에 비까지 내리치는 밤
아버지는 손수레에 우리를 태우고
윗동네로 피난을 갔다
어머니는 소를 끌고 오셨다

다음날 비가 멈추고 햇볕이 나면
신기하게도 그 밤이 꿈만 같았다

그날을 떠올리면
문득 이런 생각이 든다

'그날, 아버지와 어머니는
얼마나 무서웠을까?'

그리운 아버지

이준영

아버지가 보고 싶다
보고 싶어도 지금은 만날 수 없다

아버지는 무서운 암에 걸려
암과 싸우다 끝내 하늘나라로 가셨다

오늘, 아버지 묘지에 가서 빌었다

하늘나라에서는 아프지 말고
어머니 만나 싸우지 말고 행복하게 사시라고

아빠의 목발

구계숙

아빠 다리는 네 개고요
막내딸 다리는 두 개입니다

길을 걸어갈 때에는
여섯 다리가 걸어갑니다

아빠가 부르는
노랫가락에 맞춰 걸어갑니다

아빠도 막내딸도 걸어갑니다
하나 둘 하나 둘 발 맞춰 걸어갑니다

다음 생이 있다면
그때는 여섯 다리가 아닌,

아빠 다리 두 다리
막내딸 다리 두 다리

이렇게 네 다리로
걸었으면 좋겠습니다

딸 바보 울 아버지

양선미

어쩌다 전화하면
"미야가!"
하시는 울 아버지

돌아가시기 전까지
딸을 보고 싶어 하신 울 아버지

하나 있는 딸이
사는 게 하도 시원찮아서
늘 걱정을 달고 사신 울 아버지

뭐가 그리 힘들다고
뭐가 그리 바쁘다고
진주에서 대구가 뭐가 그리 멀다고

왜 그리
울 아버지에게만 인색했는지 왜 그리
울 아버지를 늦게 보러 갔는지

이제는 아버지라는

말만 들어도 눈물이 나는데

이제는 보고 싶어도

꿈에도 한 번 안 오시는데

삶

이정화

우리는 모두 위태롭다
일상이 나아지지 않아서
아직도 희망을 찾지 못해서
순간순간 사고의 위험에서

우리는 모두 무방비다
우울한 장마와
이글거리는 뜨거운 햇볕과
살을 파고드는 슬픔에
끝까지 책임져야 할 자식 걱정에

앞으로 나는

강순영

돌아가신 부모님과
같이 찍은 사진이 없다

그래서 내가 앞으로
가장 하고 싶은 일은
가족사진을 찍는 일이다

나, 오빠, 언니들과 찍은 사진에
부모님 사진을 꼭 넣고 싶다

그리고 빛바래도록
오래오래 간직하고 싶다

고마운 마음으로

임형수

상추씨를 밭에 뿌리고
날마다 물을 주면서 정성껏 키웠다

어떤 날은 비가 내리고
어떤 날은 햇빛이 쨍쨍

어느덧 상추가 자라
내 밥상 위에 올라왔다

하늘한테 꾸벅, 절을 하고
고마운 마음으로 먹었다

농사

황경식

날씨가 매우 무더운 날
텃밭에 물을 주었다

마른 땅에
물을 주고
또 주어도 금세 마른다

그래도 마른 땅에
오늘도 물 주었다

2부

아직도
나는
소원한다

그냥 나는

사람들이
내 마음을 아프게 해도
나는 이해해요

어떤 잘못이라도
그냥
나는 용서해요

이해하고 용서하지 않으면
나도 힘들고
다 힘들어요

그래서 나는
그냥
이해하고 용서해요

나를 돌아보기

정미용

몇 년 동안
고달픈 일이 하도 많아서
나만 힘들고 아프다고 생각했다

자활에 와서 알았다
다른 사람들도 상처받고
힘들게 살아가고 있다는 걸

나는 진주에 와서
자활에 와서
나를 돌아볼 수 있었다

나를 칭찬하는 날

이정화

정화야, 왜 사는지가 아니라
어떻게 살 것인가에 대한 물음에
몇 년째 아니, 그보다 더 오래된 질문에
답을 찾지 못했지만
포기한 거는 아니지

그래, 포기하지 않았어
포기하지 못해
방황을 끝내지 못했어

몸은 좀 어때?
괜찮아, 나 아직

너의 전부인 아이는?
그래, 그것도
조금 할 일이 남았지

그래, 그렇지만,
그럼에도 무릅쓰고
오늘은 내가 나를 칭찬하려 해

첫 번째는 아직 살아 있음에
두 번째는 아직 웃고 있음에
세 번째는 뜨거운 가슴에
희망을 느낄 수 있으니까

그리하여
아직 피지 못했을 뿐이지
피우지 못할 꽃은 아니라고

나는 물이고 싶다

서숙희

맑고, 투명해서 좋다

어떤 그릇에도 다 담긴다

가장 낮은 곳으로 머문다

온갖 것 다 씻어 준다

내가 가장 착해질 때

김순옥

대화 속에서

사랑이란 말이 나올 때

나는 저절로 착해진다

나는 나를 사랑한다

서숙희

희야, 어느덧
육십하고 다섯이다

초등학생 때,
서러움 뚝뚝 떨어지던 그 시절

아직도
지금 이 나이에도
스멀스멀 올라온다

그래도
나는 희야를 엄청 사랑한다

내가 가장 착해질 때

고운 말을 들었을 때

그 사람을 닮고 싶을 때

나는 저절로 착해진다

60 앞으로 다가올 시간은

슬픔이라는 내 마음

이현애

맨날 맨날
힘든 나는
힘든 마음을 가지고
일도 하고 사랑도 하지

맨날 맨날
쉬고 싶다는 말은 하지만
쉬지도 못하는 나는
혼자 엄청 힘들어하지

나는 몸도 아프지
부모님께 효도도 못하지
아이들에게도 잘해 주지도 못하지

이런 내 마음을
알아주는 사람이 어디 있을까?

내 마음을 표현 못하는
내가 정말 슬프지

거울 앞에서

최귀자

맛있게 먹고 있는

사람들을 보다가

이가 없는

내 모습을 보니

슬프다

나도 모르는 사이에

이길랑

논밭에 매실나무와 대추나무를 심고
그 옆에 단감과 단호박을 심었다

며칠 지나자마자 풀이 많이 자라
풀을 뽑다가 벌레한테 쏘여
눈 주위가 풍선처럼 부어올랐다

병원에 며칠 동안 다니다가
다시 논밭에 가보았다

나도 모르는 사이에
호박넝쿨이 많이 자라 있었다

나는 고맙다고 인사를 했다
나 없는 사이에도 잘 자라 주어서

내가 가장 착해질 때

이길랑

아침 일찍 일어나

과일, 채소, 깻잎을 따서

동생들에게 나누어 줄 때

나는 저절로 착해진다

내 마음 누가 알까

오순심

햇빛 알레르기가 있어
햇빛이 무섭다

해만 뜨면
피부를 숨겨야 한다

주위 사람들이
나를 보고 한마디씩 한다

유별하다
좀 모자란다 미쳤다 한다

밖에 나가기가 싫다
힘들다 눈물이 난다

내 안의 내 자신에게

강영숙

이곳까지 오느라 얼마나 힘들었니?

그동안 아프다고 힘들다고

울고 있는 줄도 모르고

무시하고 외면해서 미안해

앞만 보고 사느라 몰랐단다

그래야만 살 수 있었으니까

이젠 살았으니까

이젠 알았으니까

나의 꿈

이준영

첫 번째 꿈은 경찰관
두 번째 꿈은 검찰직
세 번째 꿈은 선생님

내 인생에 하나도 안 됐다
공부하고 면접 봤지만
불합격이 되었다

나도 할 수 있다는 의지로
시작한 공부였지만
실패만 하고 좌절되었다

후회하고 싶지 않다
나는 오늘도
나답게 길을 찾아가고 있으니까

희망마저
포기하지 않았으니까

아직도 나는

비가 내린다

내일은
온 천지가 맑음이라네

하지만 나는

모든 것이
시름겨운 눈물 같네

내 이름

이길랑

이길랑
내 이름을 왜 이렇게 지었을까

부모님은 내 이름을 지을 때
뜻을 알고 지었겠지만,
참으로 내 이름이 싫어질 때가 많다

60평생 그 이름, 쓰고 살았지만
몇 년을 더 쓸 수 있을까?

인생은 60부터라고 한다
싫든 좋든 내 이름을 내가 불러본다
이길랑

이름

김미선

아들이 부를 땐 엄마
지인이 부를 땐 힘찬아
손님이 부를 땐 황금아
친구가 부를 땐 썬
간호사가 부를 땐 김미선 님

모두,
다르게 부르는 내 이름

달라도
내 이름은 내 이름

이름

양선미

김길자, 김삼순
우리 동네 친구 이름이다

삼순이는 아름이 엄마고
길자는 빈이 엄마고
나 선미는 지우 엄마다

우리는 만날 때마다
아름아, 빈아, 지우야!
라고 부른다

길자야, 삼순아, 선미야!
라고 부르는 걸 싫어한다

이름이 촌스러워서
이름이 마음에 안 들어서

삼순, 길자, 선미!
좋기만 한데

조금만 더 힘내자

양선미

선미야, 요새 실습 다니느라 욕보제

하우스에서 상추를 따질 않나

골에 잡초를 뽑질 않나

또 재활용센터에 가서

자석 앞에 갖다 놓고

고철과 캔을 가리질 않나

아파트 단지에 있는

재활용품을 수거해 오질 않나

바느질하고는 거리가 먼 네가

봉제에 가서 마스크 실밥을 따질 않나

실밥 따다가 쪽가위로

마스크에 구멍을 내질 않나

선미야, 진짜로 진짜로 욕본데이

그래도 이런 실습을 어디서 또 해보겠노

집에 있는 거보다 백 번 천 번 낫다

일하면서 돈도 벌고 사람들도 만나고

이번 실습 무사히 마치면

이제 행복해질 일만 있을 것 같으니까

조금만 더 힘내자

이름으로

신용두

내가 어렸을 때
아버지가 돌아가셔서 슬펐고

어머니와
헤어졌을 때 슬펐고

다시 만나서도
배고파서 슬펐고

11년 전에
어머니가 뇌출혈로 쓰러졌을 때 슬펐고

지금은 아무것도 드시지 못하고
콧줄하고 있어서 슬픕니다

아름다운 날들

강순영

나는 정말 '기계치'다
형광등만 꺼져도
저걸 어찌 갈아야 하나
걱정부터 앞선다

이런 내가
마흔일곱 살에 운전면허증을 땄다
세상을 다 가진 것처럼
그렇게 기쁠 수가 없었다

오죽했으면
가족과 아는 사람들이
축하 케이크까지 사 들고 와서
난리를 피웠을까

아름다운 날들이
마냥 흘러갔다

무심한 세월

양순호

내 고향은
지리산 첩첩산중

사방을 둘러보아도
온통 높은 산뿐이라네

밤하늘엔
온통 별빛이 반짝이고

동네 앞 엄천강물은
유유히 흘러가네

내 어릴 적 동무들은
지금은 어디에서 무엇을 할까?

무심한 세월만
덧없이 흘러가네

어디까지 왔을까

임형수

나의 삶은
어디까지 왔을까?

오늘은
내가 어디까지 와 있는지
생각을 한다

그리고
앞으로 살아갈
생각을 한다

어렴풋이
희망이 보인다

지난날을 뒤돌아보며

조성원

그때 이랬더라면
그때 저랬더라면
그때 이해했더라면
그때 오해를 안 했더라면
그때 좀 더 사랑했더라면

나는 지금
어디에서
무얼 하고 있을까요?

미안하다

구계숙

애달픈 몸뚱어리
편히 누울 자리 없고
서 있을 자리도 없네

아야 아야,
무릎은 연골 주사 맞고
아야 아야,
허리는 물리치료 하네

애달픈 몸뚱어리
언제쯤이나 편할까

내가 내 몸을
이렇게 힘들게 했으니
미안하다

티눈

강미숙

살아가면서
한 번도 나지 않던 티눈

티눈이 나니깐
눈 깜박깜박할 때마다
신경 쓰이고 불편하다

내 인생도
티눈처럼 불편하다

한 발 한 발 걸을 때마다
신경 쓰이고 불편하다

전구

최광주

전구가 깜빡깜빡

내 머리도 깜빡깜빡

에그, 언제쯤

깜빡깜빡 안 하고 사나?

정신 똑띠 차리고 살자!

어린 시절

박판희

어린 시절
친구와 꽃반지 만들어
서로에게 채워 주며 말했다

"수연아, 시집갈래?"

'시집'이 뭔 줄도 모르면서
어떤 시간이 우리를 기다릴지
상상도 못하고서

3부

시,
처음
만나서

처음

윤예린

인문학 수업도 처음
큰들문화예술센터 사람들도 처음
시인을 만나는 것도 처음
서정홍 시인도 처음
내 생각을 시로 적는 것도 처음
남들 앞에서 발표도 처음

모든 게
새롭고 신기하다

그 '처음'이 기적처럼
내게 다가왔다

시를 처음 만난 날

이주환

자활 왔더니
시를 써 보란다
글이라곤 유튜브 자막이 다인데

빌어먹을
결석할 핑계를 찾아 딩굴거리다
종종거리는 팀장 얼굴이 떠올라 버렸다

아, 젠장!
몸이 당겨지고 시간은 빨라진다
이럼 곤란한데⋯⋯

시를 만나는데
오십 년이 걸렸다
남은 시간 잘 지내 보자 친구야!

시 쓰고 싶은 날

시는 이야기
시는 노래
시는 향기
시는 맛

나는
나는
나는
시를 쓰고 싶다

시 공부 첫날

오민연

시를 1도 모르는 내가
시를 배운다고
일 마치고 힘든 몸땡이를 끌고
여길 찾아온다

얼마나 공부해야
내 마음에 있는
감정 하나하나를
표현할 수 있을까?

잘할 수는 없겠지만
최대한 노력해서
졸지 말고
작품 하나 내 보자

시

강순영

똑똑똑
살그머니
문을 두드린다

대지 속에
꽁꽁 묻혔던
새싹이

고개를
살며시 내밀 듯
시가 내게 다가왔다

시

김선자

시를 써 본 것이
언제였지?

초등학교 5학년 때 쓴 시가
마지막이었지

예순이 가까워진 이제야
'시'를 다시 생각해 보다니

인생!
살고 볼 일이다

마음에 묻어 둔 시

이재경

마음이 괴로울 때는
마음에 묻어 둔
시 한 편 떠올린다

시를 떠올리면
문득문득
지난 세월이 생각난다

후회한들 소용없는 일이지만
스스로 위로하며
순리대로 살고 싶다

시가 꿈이 되는 날

천희원

머리에서 마음에서
손끝에서 발끝에서
시가 다 닳아갈 때쯤

2021년 7월 14일
'봄날 샘'이 내게 왔다

오늘,
나의 시는
'꿈'이고 싶어진다

* '봄날 샘' : 〈나를 깨우는 인문학〉 강사인 농부 시인 서정홍.

시는 눈물이다

이정훈

시를 써 보려 눈을 감는다
친구와 즐겁게 놀던 생각에 눈물이 나고
잊고 지내 미안해서 눈물이 나고
첫사랑 그 애가 떠올라 눈물이 나고
헤어진 날이 생각나 눈물이 나고
내가 상처 주었던 이들 생각에 눈물이 난다

과거는
기뻐도 슬퍼도 눈물만 난다

시는
눈물이다

사랑하는 남편에게 바치는 시

오순복

그날 충격은 20년이 지난 지금 생각해도 가슴이 먹먹해지고 눈물밖에 나오지 않는다.

갑자기 쓰러진 남편을 병원에선 손쓸 수 없는 심각한 뇌출혈이라며 집으로 모시고 가란다.

충격적인 의사 말에 지푸라기라도 잡고 싶은 심정으로 매달려, 수술 동의서를 쓰고 서너 차례 수술을 마쳤다.

나는 모든 일을 접고 몇 년 동안 중환자실 보호자실에서 먹고 자고를 되풀이했다. 일반 중환자실로 옮겨 또 몇 년을 그렇게 지냈다.

남편이 드디어 눈을 뜨고 의식이 돌아왔다. 기적이었다. 의사 선생님도 기적이라 했다. 하지만 정상적인 생활은 힘들었다. 그래도 이게 어디냐며 꾸준한 재활치료에 들어갔다. 머리 수준은 이삼 세 아이 정도지만 남편은 모든 걸 기억했다.

몇 년 동안 누워만 지내던 남편은 꾸준한 재활 덕으로 휠체어에 의존하여 오른손, 오른발이 돌아와 점점 좋아지는 줄 알았다.

먹고살려고 여기저기 내가 일을 하는 동안은 딸아이와 아들이 오가며 병원에 있는 남편을 보살펴 주었다.

어느 초가을 날이었다. 단순한 감기인 줄 알았던 남편은 폐렴에 당뇨 합병증까지 겹쳤다. 남의 손 빌리지 않고 식구들이 지극정성으로 간호를 하였지만 모두 허사가 되고 말았다.

의사 선생님이 남편이 얼마 살지 못한다며, 이젠 마음 준비를 하라고 하셨다. 얼마 뒤, 남편은 새처럼 훨훨 우리 곁을 떠났다.

이 글을 쓰고 있는 이 순간에도 눈물이 앞을 가린다. 그리고 간절하게 기도드린다. '여보, 부디 좋은 곳에서 아프지 말고 편안히 잘 지내요. 우리 다시 만날 때까지…….'

숙제

노면희

나를 깨우는 인문학
시 쓰기 시간에
봄날 샘이 숙제를 주셨다

주말에 할 일도 많은데
애들이랑 놀아야 되고
청소, 반찬, 학교 과제도 해야 되는데
봄날 샘이 밉다

그래도
연습장을 펴서
한 글자씩 적어 본다

괜찮아

노태진

많은 사람 앞에서
시를 낭송했다

낭송을 하다가
갑자기 목소리가 떨린다

'아아, 쪽팔려'
쪽팔려도 괜찮아

'지금 당황스러워'
당황해도 괜찮아

'난 바보 같아'
그렇게 느껴도 괜찮아

'남들이 날 어떻게 생각할지 두려워'
두려워해도 괜찮아

'낭송하다가 또 목소리가 떨리면?'
그래도 괜찮아

동네 카페

바람 타고 날아온
진한 커피 향 맡으며

나도 모르게
그 향기에 취해
이끌려 찾아온 동네 카페

시끄럽고 복잡한
내 마음이
어느새 고요해진다

봄바람

노면희

살랑살랑
내 귀를 스쳐 지나가는 봄바람이
봄이 왔다고 속삭여 준다

봄이 와서
기분이 좋은데
벌써 간다고 인사를 한다

풀

최귀자

바람에 날려 온 풀씨
비가 오니 흙에 묻히네

심지도 않았는데
제멋대로 자리 잡은 풀

뽑아도 뽑아도
자꾸 자라는 풀

밟히고 또 밟혀도
무성하게 자라는 풀

끈질긴 풀을 보면
배우고 깨칠 게 많네

시간을 걷다

오수아

지난 1분
지난 하루
지난 한 달

지나간 시간이 나에게 말했지
'잘 크고 있어'

앞으로의 1분
앞으로의 하루
앞으로의 한 달

앞으로 다가올 시간은 나에게 또 말하겠지
'승리는 너야'

오늘도 자활과 함께
시간을 걸어본다
너른 내 가능성을 향해

빗소리

토독토독
비가 내리는 소리

후두둑 후두둑
비가 떨어진다

마치 빗소리는
부침개 부치는 소리 같다

그래서 비 오는 날은
부침개 생각이 나는 걸까?

오늘은 비

임진호

이른 아침부터 내리는 비에
내 마음도 촉촉할 줄 알았지

그런데

내 마음에 장대비가 내렸어
그칠 줄 모르고

해바라기

강미숙

지난해, 우리 집 앞 정원에
해바라기 씨를 심었다
하루하루 잘 자라 고운 꽃을 피웠다

웬일!
올해는 해바라기 씨를 심지도 않았는데
해바라기가 자라고 있다

해바라기 꽃이 피면
시시콜콜한 걱정거리도 사라지고
저절로 웃음꽃이 핀다

민들레처럼

이정화

"……특별하지 않을지라도
결코 빛나지 않을지라도
흔하고 너른 들풀과 어우러져
거침없이 피어나는 민들레……"

이십 대가 끝나갈 무렵
나에게 남은 유일한 노래
'민들레처럼'이 있었다

텔레비전 드라마도
그 흔한 유행가 한 자락도 친하지 못했다
그 특별한 이력에도
나에게 끝까지 남아 주었던 이 노래,
난 이 노래를 부르며
그때까지의 선택에 후회해 본 적이 없었다

오십이 넘은 어느 날
나는 운이 좋게

'시'라는 수업을 듣게 되었고,
시를 쓰며 이 노래를 떠올렸다

이제 굴곡진 나의 삶을
어떻게 정리해야 할까?

그래 특별하지 않아도
결코 빛나지 않아도
흔하고 귀하지 않아서
내세울 것 하나 없는 나지만

민들레처럼 끈질기게 살아남아
이번 세상을
진정 후회 하나 없는 멋진 인생이었다고
노래 부르고 싶다
그런 간절한 마음으로 오늘도 시를 쓴다

내일은 맑음

오순심

힘들어서 죽고 싶었다
약도 먹었고 손목도 그어 보았다
119에 실려 가기도 했다 후회도 했다

그러나

나를 깨우는 인문학 수업을 들으면서
시를 쓰면서
지금 이 순간이 너무 좋다

울기도 많이 울었지만
지금이 너무 행복하고 좋다
더 행복할 날이 올 거라 생각한다

안 되는 줄 알면서

손광진

나는 사랑하고 싶다
모든 사람을

나는 사랑하고 싶다
모든 동물을

나는 사랑하고 싶다
모든 식물을

하지만 매고 또 매도
끊임없이 돋아나는 잡초는
사랑하고 싶지 않다

우리가 모르는 사이에도

강예진

나는 가끔
아무것도 하지 않을 때
세상이 멈춰 있다고 생각한 적이 있다

가만히 있으면
변하는 것이 없다는 말을
때때로 들어왔으니까

그것은
크나큰 착각이었다

왜냐하면
멈춰 서 있는 지금도
바람이 불고, 꽃이 피고
바삐 날아다니는 꿀벌이 있기 때문이다

발을 딛고 있는 땅속에도
손이 닿는 것들에도
살아 숨 쉬고 있는 것들이 있다

아무것도 변하지 않는다고 말하지 말라

우리가 모르는 사이에도

누군가는 나무와 꽃을 심고 있을 테니

삶과 죽음 앞에서

손광진

사랑하는 사람이
하나둘 사라져 갈 때
나는 슬프다

내가 할 수 있는 일이
아무것도 없을 때
나는 슬프다

태어나면 누구나, 반드시,
죽어야 한다는 생각이 들 때
나는 슬프다

흩어진 구름

천희원

여름 하늘에 핀 구름들이
바다에도 산에도 들에도
푹신한 그림자로 내려앉듯이

장맛비 어지러운
내 마음에 흩어진 구름들

하나 둘, 모으고 모아
포슬하고 뽀송하게
다시 끌어안아야지

흐르는 물처럼

강순영

골짝 골짝마다
흐르는 물

늘 높은 곳에서
낮은 곳으로

어디서 살든
잔머리 굴리지 말고

흐르는 물처럼
낮은 곳으로

궁금하다

강아지는
첨 본 내게 꼬리를 흔든다

왜 흔드는 걸까?
강아지가 되어 보고 싶다

강아지는
첨 본 내게 달려온다

왜 오는 걸까?
강아지가 되어 보고 싶다

고양이

김갑수

내가 다니고 있는 직장에서
고양이 네 마리가 태어났다

처음에는 눈도 뜨지 못한 채
어미젖만 물고 잠만 자고 있더니만,

한 달이 지나자
서로 장난치고 뒹굴고 난리법석이다

어미는
물끄러미 바라만 본다

4부

자활,
꿈을
찾아서

코로나19

김미선

사람이 나이가 들듯이

자연도 나이가 드는 것일까?

안타까운 일들이 자주 일어난다

이사 가는 날

김영숙

오래오래 살던 집 두고

날마다 지나던 골목길 두고

낯선 진주로 이사 가는 날

항상 지나던 정든 골목길

잊을 수 있을까

그리운 동네

사람나무

김언숙

등도 내어 주고
그늘도 되어 주는

진주 자활,
우리들의 쉼터

손을 잡아 주고
말벗이 되어 주는

진주 자활,
우리들의 친구

늘 옆에 있어
소중함을 몰랐네

이젠
내 곁을 내어줄게

이젠
내 등을 내어줄게

이웃집 친구, 정자

김창순

힘들 때 언제나 달려오는 너
너를 알고 지낸 지
어느덧 20년이 지났네

만나면 그저 마음 편하고
보기만 해도 겨울나무처럼 든든한
내 친구, 정자야!

오늘,
'삶을 가꾸는 시 쓰기' 수업 날
니가 더더욱 생각난다, 정자야!

그래서 시 제목도
'이웃집 친구, 정자'다

마누라 잔소리

김갑수

오늘도 아침이 밝았다
이를 닦고 출근 준비를 하였다

마누라 잔소리가 시작되었다

차 조심해요 몸조심해요
마치면 집으로 곧장 오세요

마누라 보기에는
나는 아직도, 어린애다

친구야

김갑수

좋은 날도
같이 가자 친구야
함께하자 친구야

안 좋은 날도
같이 가자 친구야
함께하자 친구야

동행

이종태

날마다 동행하는
내 안에 있는 나를 만난다

나는 누굴까?
잘 모를 때가 많다

어떤 때는
고달프고 힘겹게 다가오기도 하고

어떤 때는
반갑게 마주하기도 한다

날마다 동행하는
내 안에 있는 나를 만난다

어떤 모습이든
나를 사랑하는 나를 만난다

꿈을 찾는 사람들

문승점

꿈을 어디서 찾는다 말인가
첩첩산중에서
깊고 깊은 바다 속에서
아니면 하얀 도화지 위에서

꿈을 어디서 찾는다 말인가
손끝에 닿는 꿈은 있을까

그런데
여기, 꿈을 찾아 떠나는 이들이 있다
손끝에 닿는 가까운 곳에
'진주자활센터' 가족들이 있다

우리가 꿈꾸는 세상

이재경

가진 자와 못 가진 자가 차별 없는 세상

동료들과 날마다 웃으며 사는 세상

시기와 질투가 없는 세상

주위에 즐거움이 가득한 세상

말과 행동이 잘 지켜지는 세상

돈이 없어도 의료 혜택을 누구나 받을 수 있는 세상

날마다 칭찬과 격려를 해 줄 수 있는 세상

계획된 일이 잘 이루어지는 세상

장애인과 비장애인이 다 함께 잘 살아갈 수 있는 세상

오늘따라

유종봉

아스팔트 포장길을 지나
비포장 길을 지나
봉고차에 몸을 싣고 달려간다

오늘따라 유난히도
논두렁에 일하는 노인의 모습이
눈에 자꾸 들어온다

노인이 괭이질 할 적마다
내뱉는 거친 숨소리가
온 들판으로 퍼져간다

얼른 봉고차에 내려
노인이 잡고 있는 낡은 괭이를
내가 잡고 싶다

자활 동료들에게 드리는 기도

정미용

힘들고 상처 받은 사람들이 만나서

서로 조금씩 이해하고 의지하며

힘든 시기 잘 이겨낼 수 있게 하소서

그리하여 봄이 가고 여름이 오면

꿈꾸는 일이 하나 둘 이루어지게 하소서

우리는

팀찬 핌라팟

나와 다르다고 화내지 마

함께 사는 사람들이 모두 똑같지 않잖아

똑같으면 무슨 재미로 살겠나

우리는 모두 다르기 때문에 서로 사랑해야 하잖아

아무리 잘나고 똑똑해도 혼자 살 수 없는 세상이니까

들판에 자라는 잡초도 약으로 쓸 수 있잖아

그러니까 보잘것없는 사람은 없는 거잖아

그늘

외롭고 쓸쓸할 때
어쩐지 짜증이 나고 화가 날 때
괜스레 슬픔이 밀려올 때

저에게 와서 말해 주세요
들을 준비가 되어 있어요

말하지 않아도 괜찮아요
그냥 잠시 쉬었다 가도 좋아요

무거운 짐은 제게 주고 가세요
나는, 당신이 편히 쉴 수 있는
시원한 그늘이 되고 싶어요

천 가방

김창순

난 천 가방을
항상 갖고 다닌다

비닐봉투가 싫어서
환경을 생각해서

어느 순간
습관처럼 습관이 되었다

숲속에서

김행근

자활에서 첫나들이
설렘 속에 차를 탔다

동료들과 숲속에 도착한 순간
이곳이 너무 좋았다

초등학교 이후에
처음 느껴 보는 기분
동심으로 돌아온 듯했다

숲속에서 많은 나무들이
향기를 내면서 나를 유혹했다
가까이 오라고

다가가서 안아 보고 잡아 보았다
신기하게도 나무가 너무 편했다
처음이 아닌 것처럼

오두막

송상섭

어느 날 문득
문명이 주어진 편안함을 버리고

산 속 깊은 계곡에 오두막을 짓고
촛불에 밤을 밝히며 하늘을 바라본다

헤아릴 수 없이 많던 별이
사람들이 만든 문명의 안락함 속에 가려

보이지 않는다
보이지 않는다

오두막에서 다시 밤하늘을 바라본다
오늘따라 저 별을 따라 가고 싶다

지금은 괜찮다

최귀자

사고로 팔을 다쳤다
병원 의사 선생님 하신 말씀

―수술은 잘 됐지만
마비가 올 수도 있습니다

그 말을 듣는 순간
가슴이 내려앉고
하늘이 무너지는 것 같았다

하지만 지금은 괜찮다
동료들과 일할 수 있어
좋다 좋다 참 좋다

그 말 한마디에

허성율

저의 동 빌라에는
장애인들이 많이 사신다

하루는 몸이 불편한 아주머니가
텃밭에 상추씨를 뿌리는 걸 보았다

어느 날, 상추가 많이 자라서
아주머니한테 물었다

"상추가 많이 컸네요."

아주머니는 내 말을 듣고는
다정한 눈빛으로 말했다

"상추를 뜯어가서 잡수세요."

그 말 한마디에
어린아이처럼
내 가슴이 콩닥콩닥 뛰었다

재봉틀

스위치를 켠다
위잉 소리와 함께
밟으면 돌아간다

내 인생도
끈이 없는 평행선처럼
돌아가고 싶다

마음 부자를 만나

조순진

나 어릴 적 김밥이 좋아
김밥집 사장이랑 결혼하는 게 꿈이었다

나 어릴 적 치킨이 좋아
치킨집 사장이랑 결혼하는 게 꿈이었다

철없던 어린 시절 생각해 보니
우습기도 하지만,

아무튼 나는 부자를 만나 잘 살고 있다
마음이 바다보다 깊고 넓은 부자를

대원사 둘레길을 걸으며

남원숙

시원한 물소리
쉬지 않고 흐른다

물이 너무 맑다
마음이 저절로 맑아진다

친구들과 함께 걷는 이 길
더없이 기쁘고 행복하다

친구들 이름을
마음속으로 불러본다

갑남아, 은미야, 홍순아!
성자야, 인내야, 정열아!

언제까지나
우리네 인생도 흐르는 물처럼

그렇게
그렇게 흘러가기를

그날이 다시 온다면

임진호

중학교 시절
나만 보면
공부 좀 해라는 친구가 있었다
공부를 하면 인생이 바뀔 수 있다고

중학교 시절
나는 공부보다 노는 걸 좋아했다
그때, 친구의 말을 들었다면
지금쯤 다른 삶을 살고 있을까?

좋은 인연을 만나

강예진

이렇게 만나는 것은 운명인가
우연이 몇 번 반복되면
필연이라던데

기회가 생겨 선택하는 것도
선택하여 기회가 생기는 것도
모두 내가 정한 것이지만

이렇게 좋은 인연을 만나고
한 번도 경험해 본 적 없는
시도 써 보고

경험에는 끝이 없고
배움에도 끝이 없다더니
세상에 틀린 말 없더라

오늘과 내일

정미용

나는 어릴 때부터 몸이 아파서
오늘만 생각하고
내일은 생각하지 못하고 살아왔다

이제는 나이가 들어
내일이 오지 않는다 해도
지금 이 시간을 소중하게 살고 싶다

오늘부터

김영권

사람마다 얼굴 표정이 있다
울고, 웃고, 찡그리고……

얼굴 표정에 따라
사람의 감정이 나타난다

좋은 일이 있으면 웃고
나쁜 일이 있으면 슬픈 표정을 짓는다

앞으로 찡그린 얼굴이
웃는 얼굴로 변할 수 있도록
오늘부터 웃고 또 웃어야겠다

웃어야
안 될 일도 저절로 풀린다 하니까
웃어야 복이 저절로 온다 하니까

다시 안부를 묻는다

박판희

어쩌다가 생판 모르는 사내를 만나
혼인하고 아이를 낳고 부부로 살아왔다

그동안 안 해 본 일은 있어도,
못해 본 일은 없다

그렇게 일밖에 모르고 살았는데,
날이 갈수록 살림살이는 쪼들렸다

살림살이 쪼들릴수록
부부 싸움은 늘어나고,

남편은 내 속 뒤집는 일만 하려고
태어난 사람처럼 차갑게 변해갔다

참다 참다 참다
우린, 서로 헤어졌다

세월이 흐르고 흘러
나는, 다시 안부를 묻는다

그렇게 싸우고도
무슨 정이 남았을까

행여 아프지 않은지,
아프면 자식들이 힘들까 봐

밤새 안녕했는지,
나 먼저 가면 불쌍해서 어쩌나 싶어

소주

인생길
오르막 내리막 있지만

인생길
슬픔과 기쁨도 있지만

소주는
변함없이 쓰다

잡초

임진호

와아, 온다
사람들 오고 있어
우리 이제 뽑히는 거야?

아니야
가만히 이쁘게 있으면
안 뽑힐 거야

아니야
나 뽑혔어
뽑혔다니까

묘비명

나는 어렸을 때부터
죽을 고비를 세 번이나 넘기며 살았노라

행복한 시절도 있었지만,
견디기 어려운 고달픈 시절도 있었노라

그래도 나는,
나를 무척 사랑하며 살았노라

148 앞으로 다가올 시간은

묘비명

박판희

왔던 길, 뒤돌아보지 말자

이젠 쉬어야지

삶을 함께 가꾸는 이들의 노래

—나를 돌아보고 내일을 꿈꾸다

이응인 시인

산골 농부 서정홍 시인으로부터 몇 해 전부터 진주지역자활센터에서 일하는 사람들이, '나를 깨우는 인문학' 시간에 시를 쓴다는 얘기를 들었다. 얼른 그들의 시를 만나고 싶었는데, 때마침 시집을 묶어 낸다는 소식을 듣고는 원고를 보고 싶다고 했다. 자신을 돌아보고, 자신의 삶을 바꾸어 나가는 사람은 위대한 사람이다. 많은 이들이 말로만 떠들고 온갖 탓을 하면서 변함없는 나날을 반복하며 살고 있다. 자신의 삶을 다시 일으켜 세우는 일은 정말 쉽지 않기 때문이다. 새로운 출발을 위해서는 먼저 자신을 돌아볼 수 있는 힘이 있어야 한다. 그런 다음 한 걸음 한 걸음 나아가야 한다. 그 한 걸음이 힘들기에 우리는 혼자가 아니라 여럿이 함께 걸음을 뗀다. 이쯤이면 진주지역자활센터에 모여서 '나를 깨우는 인문학' 공부를 하고, '삶을 가꾸는 시 쓰기'를 한 분들이 궁금하지 않은가?

1) 기다려 주지 않는 어머니를 부르다가

힘들고 어려운 일이 있을 때 가장 먼저 떠오르는 단어는 '엄마'일 것이다. 그리고 가족들이 생각날 것이다. 이번 시집에서 가장 많이 쓰인 단어를 찾으라면 '엄마'이지 싶다. 그만큼 힘들고 어렵고 간절했다는 말을 대신해 주는 것 같다.

　엄마가 많이 아파서
　"언제 올 거야?"
　전화가 걸려 올 때마다
　나는 며칠 뒤에 가겠다고 했다

　그런데
　남편도 많이 아파 입원해서
　못 가게 되었다
　(…)
　엄마는 마지막까지
　못난 딸을 보고 싶다 하셨다는데
　미안해요, 엄마

　　　　　　　- 시와노준코, 〈미안해요, 엄마〉 일부

　엄마의 입장에서도, 딸의 입장에서도 안타깝고 가슴 아프기 그지없는 상황이다. 엄마가 많이 아프다는 걸 알면서도 얼른 만나지 못하는 마음은 어떠하랴. 한국에 시집가서 살고 있는 딸을 마지막으로 보고 싶어한 엄마의 마음은 또 오죽하랴. 이런 아픔을 딛고 일어서게 하는 힘은 어디서 오는 것일까? 위의 시를 쓴 시와노준코는 이렇게 답한다.

> 나는 오늘, 밥을 먹을 수 있다
> 나는 오늘, 쉴 수 있는 집이 있다
> 나는 오늘, 이야기 나눌 가족이 있다
> 나는 오늘, 정든 이웃이 있다
>
> — 시와노준코, 〈나는 행복한 사람〉 일부

엄마의 마지막 떠나는 모습을 함께하지 못한 그 마음에서, '나는 오늘' 행복한 사람이라고 말하게 된 마음까지, 아픔을 딛고 일어선 힘이 무엇일지 궁금해진다. 그 답은 이번 시집에 실린, '엄마'를 부르는 숱한 목소리 속에서 찾을 수 있을 것이다.

'때는 나를 기다려 주지 않고', '지나고 나니 / 못해 드린 것만 / 자꾸 생각'나게 하는 엄마이다. '나무는 고요하고자 하나 바람이 그치질 않고, 자식은 봉양하고자 하나 부모는 기다려 주지 않네.'라고 한 고전을 떠올리게 한다.

'자식들 걱정에 / 평생을 애태우고' 사신 엄마, '생각만 해도 먹먹해지는 그 얼굴'이다. '어른이 된 지금도' '엄마가 끓여 주던 / 김치찌개'가 '문득문득 떠오른다'. '청국장 생각나면' 어머니가 저절로 떠오르기도 한다. '돌아가신 부모님과 / 같이 찍은 사진이 없'어 가슴 아픈 이도 있고, '아빠 다리는 네 개'라 마음 저리는 이도 있고, '지금은 아무것도 드시지 못'해 애태우는 이

도 있다. '엄마'는 '항상 옆에 있어 주고 / 힘이 되어 준 사람'이
고, '우리 집 전화는' 날마다 전화하여 자식을 챙기는 '엄마, 한
사람을 위한 것'이다. 이처럼 '끝까지 책임져야 할 자식 걱정에'
놓여나지 못한 사람이 엄마이다. 그 부모는 어린 날의 기억 속
에서도 이렇게 또렷하다.

폭풍에 비까지 내리치는 밤
아버지는 손수레에 우리를 태우고
윗동네로 피난을 갔다
어머니는 소를 끌고 오셨다

- 강월선, 〈그날〉 일부

어린 시절 기억 속에 담긴 부모님의 모습은 우리의 머릿속에
원형으로 오래오래 저장되어 있다. 우리가 살아가는 동안, 특
히나 현재의 삶이 어렵고 힘들거나, 아주 기쁜 일이 생기거나
할 때, 나도 모르게 그 원형의 기억과 연결된다. 이렇게 숨겨
둔 마음을 시로 표현하는 것은, 내면의 고통을 날려버리고 자
신을 돌아볼 수 있게 해 준다.

2) 힘들고 어려울 때 곁을 내어 준

내가 할 수 있는 일이

아무것도 없을 때

나는 슬프다

– 손광진, 〈삶과 죽음 앞에서〉 일부

그렇다. 병으로 생사를 오가거나 아무것도 할 수 없게 되었을 때, 나이가 들어 점점 할 수 있는 일이 줄어들 때, 누구나 비참하고 슬퍼진다. '할 수 있는 일이 / 아무것도 없을 때' 부닥치는 그 마음을 위의 시는 간명하게 잘 보여 주고 있다. 앞에서 보았듯이, 이러한 위기에 빠졌을 때 가장 먼저 엄마를 찾게 되고 친구의 손길이 간절히 그리워진다.

힘들 때 언제나 달려오는 너

너를 알고 지낸 지

어느덧 20년이 지났네

만나면 그저 마음 편하고

보기만 해도 겨울나무처럼 든든한

내 친구, 정자야!

– 김창순, 〈이웃집 친구, 정자〉 일부

이 시에서처럼 '만나면 그저 마음 편하고 / 보기만 해도 겨울나무처럼 든든한' 친구가 있는 사람은 행복한 사람이다. '좋은 날도 / 같이 가자 친구야 / 함께하자 친구야 // 안 좋은 날도 / 같이 가자 친구야/함께가자 친구야(김갑수, 〈친구야〉). 이럴 수 있는 친구가 있다면 얼마나 좋으랴.

고난이 닥쳤을 때 '나'라는 개인은 너무나 약하다. 혼자 힘으로 부딪쳐 헤쳐나갈 고난은 그리 흔치 않다. 이때, '함께'라는 한 마디만 붙으면 누구든 폭발적인 힘을 발휘한다. 다음 시를 보자.

힘들어서 죽고 싶었다
약도 먹었고 손목도 그어 보았다
119에 실려 가기도 했다 후회도 했다

그러나

나를 깨우는 인문학 수업을 들으면서
시를 쓰면서
지금 이 순간이 너무 좋다

울기도 많이 울었지만
지금이 너무 행복하고 좋다
더 행복할 날이 올 거라 생각한다

– 오순심, 〈내일은 맑음〉 전문

이 시의 1연은 절망의 끝에 이른 이의 모습을 잘 보여준다. '그러나' 그 이후에 변화가 있었다. 얼마나 큰 변화였으면, '그러나'만 하나의 연으로 표현했다. 이어 3연에 와서 '나를 깨우는 인문학 수업을 들으면서'라고 했다. 오순심 님에게는 인문학 수업이 그냥 인문학 수업이 아니라 '나를 깨우는 인문학 수업'이다. 자신을 돌아보고 다시 깨어나는 수업이다. 그래서 '시를 쓰면서 / 지금 이 순간이 너무 좋다'고 표현한다. 자신을 드러내는, 속에 응어리진 말을 쏟아내는 시야말로, 치유이다. 자신에 대한 새로운 발견이고 희망이다. 그러니 '지금이 너무 행복하고 좋'을 수밖에 없다. 한 발 더 나아가 '더 행복할 날이 올 거라'는 믿음까지 갖게 된다.

인문학 수업도 처음
큰들문화예술센터 사람들도 처음
시인을 만나는 것도 처음
서정홍 시인도 처음
내 생각을 시로 적는 것도 처음
남들 앞에서 발표도 처음

– 윤예린, 〈처음〉 일부

자활센터의 활동이 얼마나 새롭게 와 닿았는지를 아주 잘 표현한 시이다. '처음'이란 낱말을 반복해서 쓰고 있지만, 모든 게 새롭게 와 닿은 느낌이 생생하다. '등도 내어 주고 / 그늘도 되어 주는 // 진주 자활/우리들의 쉼터'라고 노래한 김언숙 님은 '이젠 / 내 등을 내줄게'(《사람나무》)라고 말하고 있다. 또 '동료들과 일할 수 있어 / 좋다 좋다 참 좋다'(최귀자, 〈지금은 괜찮다〉)며 '좋다'를 세 번이나 반복하여 표현한 이도 있다. 이들은 어떻게 서로 힘이 되었나 궁금해진다.

3) 나에게 말을 걸다

첫 출발은 스스로를 돌아보고 말을 거는 데에 있다. 나를 돌아보면, 어둠 속에 있는 나를 보고 있는 또 다른 나를 만난다. 그러면서 '나'는 어둠 속의 '나'에게 말을 걸고, 다독여 줄 수 있게 된다.

맨날 맨날
힘든 나는
힘든 마음을 가지고
일도 하고 사랑도 하지
(…)
이런 내 마음을
알아주는 사람이 어디 있을까?

내 마음을 표현 못하는

내가 정말 슬프지

                                  – 이현애, 〈내 마음〉 일부

'맨날 맨날 / 힘든 나'를 알아주는 사람이 곁에 없다. '힘든 나'를 맨 먼저 알아주는 사람은 '나'이다. 그래서 '나'를 돌아보고, '나'에게 가만히 말을 걸어 주는 것이다.

지난 시간 동안
이름이 아닌 '엄마'로 불려 온 언숙아
앞만 보고 달리며 힘들었을 언숙아
이제는 앞만이 아니라 옆도 보고
이제는 달리는 게 아니라 걸어도 보고
이제는 천천히 뒤도 돌아보고

                         – 김언숙, 〈내가 부르는 노래〉 일부

돌아보니, 그동안 이름이 아닌 '엄마'로 불려 온 '나'를 만나게 된다. 그 '나'에게 가만히 말을 건넨다. '앞만 보고 달리며 힘들었을 언숙아' 하고 말이다. 이제는 '옆도 보고', '걸어도 보고', '뒤도 돌아보고' 하자고 말이다. 그러면서 나는 새롭게 일어서는 힘을 얻는다.

선미야, 요새 실습 다니느라 욕보제

하우스에서 상추를 따질 않나

골에 잡초를 뽑질 않나

(…)

일하면서 돈도 벌고 사람들도 만나고

이번 실습 무사히 마치면

이제 행복해질 일만 있을 것 같으니까

조금만 더 힘내자

- 양선미, 〈조금만 더 힘내자〉 일부

스스로에게 '욕보제' 하면서 '조금만 더 힘내자'고 어깨를 두드려 주는 시이다. 이번 시집에는 이처럼 자신을 돌아보고, 자신에게 말을 걸고 다독이면서 힘을 얻는 시들이 풍성하다. 그 일부 구절만이라도 소개하고 싶다.

날마다 동행하는

내 안에 있는 나를 만난다

- 이종태, 〈동행〉

이곳까지 오느라 얼마나 힘들었니?

그동안 아프다고 힘들다고

울고 있는 줄도 모르고

무시하고 외면해서

미안해

– 강영숙, 〈내 안의 내 자신에게〉

낭송을 하다가
갑자기 목소리가 떨린다
(…)
'남들이 날 어떻게 생각할지 두려워'
두려워해도 괜찮아

– 노태진, 〈괜찮아〉

오늘은
내가 어디까지 와 있는지
생각을 한다

그리고
앞으로 살아갈
생각을 한다
어렴풋이
희망이 보인다

– 임형수, 〈어디까지 왔을까〉

자신에게 말을 걸고 다독이다 보면 모르는 사이에 힘이 생긴다. '잘할 수는 없겠지만 / 최대한 노력해서 / 졸지 말고 / 작품 하나 내 보자'(오민연, 〈시 공부 첫날〉)는 마음이 인다. '앞으로 다가올 시간은 / 나에게 또 말하겠지 // —승리는 너야'(오수아, 〈시간을 걷다〉)라고. 이렇게 모르는 사이에 한 걸음 한 걸음 앞으로 걸어가는 자신을 발견하게 된다. 그러면서 스스로 많은 것을 깨닫는다.

> 이해하고 용서하지 않으면
> 나도 힘들고
> 다 힘들어요
>
> — 장미영, 〈그냥 나는〉 일부

이처럼 나의 삶은 나 혼자만의 삶이 아니라 가족, 이웃과 이어져 있음을 깨닫게 된다. '다른 사람들도 상처받고 / 힘들게 살아가고 있다는 걸 // 나는 진주에 와서 / 자활에 와서 / 나를 돌아볼 수 있었다'(정미용, 〈나를 돌아보기〉). 그리고 나니 '나'는 훨씬 넓어져서 '나'만이 아닌 다른 이들을 걱정하게 된다. 오래 전에 헤어진 남편을 걱정하며 '세월이 흐르고 흘러 / 나는, 다시 안부를 묻는다 // 그렇게 싸우고도 / 무슨 정이 남았을까'(박판희, 〈다시 안부를 묻는다〉) 하는 마음을 갖게 된다. '장맛비 어지러운 / 내 마음에 흩어진 구름들 // 하나 둘, 모으고 모아 / 포슬하고 뽀송하게 / 다시 끌어안아야지'(천희원, 〈흩어진 구름))에서 보듯, 어지러운 내 마음은 서서히 맑은 하늘로 바꿔게 된다.

4) 자연과 함께 배우다

인문학 수업에서 '자연과 함께한 시간'은 참가자에게 많은 것을 깨치게 해 준다. 우리가 아무것도 해 준 것이 없는데도, 자연은 우리에게 얼마나 큰 도움을 주는지 알게 되었다. 자연과 함께하면서 마음에 위안을 얻고 평화를 되찾는다.

동료들과 숲속에 도착한 순간
이곳이 너무 좋았다

초등학교 이후
처음 느껴 보는 기분
동심으로 돌아온 듯했다

숲속에서 많은 나무들이
향기를 내면서 나를 유혹했다
가까이 오라고

다가가서 안아 보고 잡아 보았다
신기하게도 나무가 너무 편했다

처음이 아닌 것처럼

— 김행근, 〈숲속에서〉 일부

자활센터 첫 나들이로 '동료들과 숲속에 도착한 순간', '동심으로 돌아온 듯했다'고 고백한다. 숲이 나를 '가까이 오라고' 손짓하는 느낌을 받은 것이다. '다가가서 안아 보고 잡아 보았'는데, '신기하게도 나무가 너무 편했다'는 체험을 하게 된다. '처음이 아닌 것' 같은 편안함은 우리에게 평화를 가져다 준다. 숲이 주는 선물이다. 더 나아가 자연 속에서 자연과 함께 자란 것들에 대한 고마운 마음까지 갖게 되었다. 병원에 다니느라 며칠 돌보지 못한 밭에 가서는 모르는 사이에 자란 호박넝쿨을 만난다. 그러곤 '나는 고맙다고 인사를 했다 / 나 없는 사이에 잘 자라 주어서'라고 말을 거는 이길랑 님(《나도 모르는 사이에》)을 만날 수 있다. '마른 땅에 / 물을 주고 / 또 주어도 금세 마른다'. '그래도 마른 땅에 / 오늘도 물 주'는 농부 황경식 님(《농사》)도 만날 수 있다. 상추밭에 '날마다 물을 주면서 정성껏 키웠다'. '어느덧 상추가 자라 / 내 밥상 위에 올라왔다 // 하늘한테 꾸벅, 절을 하고 / 고마운 마음으로 먹었다'고 노래하는 임형수 님(《고마운 마음으로》)도 만날 수 있다. 이처럼 자연과 땅은 말없이 삶의 길을 가르쳐 주고 있다. '경험에는 끝이 없고 / 배움에도 끝이 없다더니 / 세상에 틀린 말 없더라'고 한 강예진 님(《좋은 인연을 만나》)의 시를 떠올리게 한다.

5) 함께 꿈꾸는 세상

지금까지 보았듯이, 진주지역자활센터는 함께 꿈꾸는 곳이다. 문승점 님은 〈꿈을 찾는 사람들〉에서 '여기, 꿈을 찾아 떠나는 이들이 있다 / 손끝에 닿는 가까운 곳에 / '진주자활센터' 가족들이 있다'고 알려 준다. 이들이 함께 꾸는 꿈을 살펴보자.

가진 자와 못 가진 자가 차별 없는 세상

동료들과 날마다 웃으며 사는 세상

시기와 질투가 없는 세상

주위에 즐거움이 가득한 세상

말과 행동이 잘 지켜지는 세상

돈이 없어도 의료 혜택을 누구나 받을 수 있는 세상

날마다 칭찬과 격려를 해 줄 수 있는 세상

계획된 일이 잘 이루어지는 세상

장애인과 비장애인이 다 함께 잘 살아갈 수 있는 세상

> — 이재경, 〈우리가 꿈꾸는 세상〉 전문

이 시에서 노래한 세상은 지금 우리 곁에 없다. 그렇지만 이런 세상을 꿈꿀 때, 한 발 한 발 가까워질 것이다. 이러한 세상을 만들기 위해서는 어떻게 해야 할까? 강예진 님은 그 답을 '아무것도 변하지 않는다고 말하지 말라 / 우리가 모르는 사이에도 / 누군가는 나무와 꽃을 심고 있을 테니'라고 알려 준다. 함께 꿈꾸지 않으면 세상은 변하지 않는다. 아유미 님은 '하느님! / 한국과 일본이 사이좋게 지내라고 / 나와 남편을 만나게 해 주셨죠?'라고 자신의 소망을 말한다. 팀찬 핌라팟 님은 이렇게 노래한다.

우리는 모두 다르기 때문에 서로 사랑해야 하잖아

아무리 잘나고 똑똑해도 혼자 살 수 없는 세상이니까

들판에 자라는 잡초도 약으로 쓸 수 있잖아

그러니까 보잘것없는 사람은 없는 거잖아

> — 팀찬 핌라팟, 〈우리는〉 일부

이렇게 서로를 인정하고 사랑할 때, '나는, 당신이 편히 쉴 수 있는 / 시원한 그늘이 되'는 것(노면희, 〈그늘〉)이다. 진주지역자활센터에서 나를 깨우는 인문학 수업을 함께한 모든 이들이 꿈꾸는 내일을 향해 한 발 한 발 힘차게 걸어나가길 빈다. 이 책을 읽는 독자들도 그 힘을 넘겨받아 자신을 돌아보고 삶을 가꾸어 나갈 수 있으면 좋겠다. 정미용 님의 시 〈자활 동료들에게 드리는 기도〉를 소개하면서 글을 맺는다.

힘들고 상처 받은 사람들이 만나서

서로 조금씩 이해하고 의지하며

힘든 시기 잘 이겨낼 수 있게 하소서

그리하여 봄이 가고 여름이 오면

꿈꾸는 일이 하나 둘 이루어지게 하소서
　　　　　　　　　　　　　 – 정미용, 〈자활 동료들에게 드리는 기도〉 전문

자딤 시집

앞으로 다가올 시간은

발 행 일 2024년 10월 30일

펴 낸 곳 진주지역자활센터
편 집 인 김소형
지 은 이 강미숙, 강순영, 강영숙, 강예진, 강월선, 구계숙, 김갑수, 김미선,
         김선자, 김순옥, 김언숙, 김영권, 김영숙, 김창순, 김행근, 남원숙,
         노면희, 노태진, 문승점, 박수정, 박은순, 박판희, 사와노준코,
         서숙희, 손광진, 손명옥, 송상섭, 신용두, 아유미, 양선미, 양순호,
         오민연, 오수아, 오순복, 오순심, 유경자, 유종봉, 윤예린, 이길랑,
         이덕기, 이영규, 이재경, 이정화, 이정훈, 이종태, 이주환, 이준영,
         이현애, 임진호, 임형수, 장미영, 정미용, 조성원, 조순진, 천희원,
         최광주, 최귀자, 팀찬 핌라팟, 허성율, 황경식

발 행 인 이문희
발 행 처 도서출판 곰단지
주   소 52818 경남 진주시 동부로 169번길 12, A동 1007호
전   화 070-7677-1622

I S B N 979-11-89773-94-6 03810